LA BARONNE

DE SAN-FRANCISCO

OPÉRETTE EN DEUX ACTES

PAR

MM. HECTOR CRÉMIEUX ET LUDOVIC HALÉVY

MUSIQUE DE M. HENRI CASPERS

Représentée pour la première fois, à Paris, sur le théâtre des Bouffes-Parisiens
le 27 novembre 1861

PARIS

MICHEL LÉVY FRÈRES, LIBRAIRES-ÉDITEURS

RUE VIVIENNE, 2 BIS

1862

Distribution de la pièce

ANTOINE CABUCHARD...............	MM. Tacova.
CÉSAR CABUCHARD.................	Marchand.
POLYDORE DUPOMMEAU.............	Jean Paul.
ANATOLE CORDANCHOIS............	Guyot.
UN CONCIERGE.....................	Tautin.
TOQUANDINE	Mmes Charlotte Prévost.
VIOLETTE	Gervais.
JULIETTE (accent marseillais)........	Taffanel.
DOROTHÉE	Estagel.

Le premier acte à Paris, le deuxième, à Nogent, dans l'île Sarl.

LA

BARONNE DE SAN-FRANCISCO

ACTE PREMIER

Chc César. Appartement de garçon : table, fauteuils, chaises, piano.

SCÈNE PREMIÈRE.

CÉSAR, FRIDOLIN, CORDANCHOIS, TOQUANDINE, JULIETTE, DOROTHÉE.

(Au lever du rideau, Toquandine et Juliette jouent un morceau de piano à quatre mains; Cordanchois joue au bilboquet; Dorothée fait des bulles de savon ; Fridolin fait des armes contre la muraille ; César lit les coudes sur la table et la tête entre les mains.)

FRIDOLIN, frappant violemment du pied à chaque mot.

Une, deux! une, deux! une, deux!

CORDANCHOIS.

Ça ne va pas, le bilboquet, ce matin !

TOQUANDINE, à Juliette.

Attention au *forte*, Juliette!... Allons-y! (Elles jouent de toutes leurs forces; César se bouche les oreilles et s'enfonce dans sa lecture.)

DOROTHÉE, faisant ses bulles de savon.

Ah! qu'elle est jolie! ah! qu'elle est jolie! (Elle court après sa bulle et bouscule la table de César, qui se lève furieux.)

CÉSAR, son livre à la main et criant à tue-tête.

Dans les trois jours de la remise des pièces au greffier de la cour impériale, ledit greffier présentera lesdites pièces à ladite cour, laquelle indiquera le jour du jugement et commettra l'un des juges; sur son rapport et sur les conclusions du ministère public, il sera rendu à l'audience jugement, sans qu'il soit nécessaire d'appeler les parties! (Tout le monde a interrompu ses exercices; on entoure César.) Il n'est pas possible de travailler dans ces conditions-là !

TOQUANDINE.

Eh bien, ne travaille pas !

CÉSAR, envoyant son Code de l'autre côté de la pièce.

Je ne demande pas mieux que de ne pas travailler !

CORDANCHOIS, d'une voix grave et lugubre.

Fais comme moi, César ; vois-tu, il faut choisir entre le travail et le plaisir, entre la gloire et l'amour. Je préfère le plaisir et... (Regardant Juliette.) l'amour !

JULIETTE.

Et le bilboquet, que tu oublies. Tu y joues du matin au soir. Il finira par y jouer aussi du soir au matin. Figurez-vous qu'il s'en est fait faire un pour aller dans le monde, et avant-hier, en omnibus, il le tire de sa poche ; au premier coup, la ficelle casse et la boule s'en va frapper au visage une vieille dame qui se trouve mal. Voilà qu'il a un procès pour cela.

CORDANCHOIS.

J'irai devant mes juges, et je leur dirai...

SCÈNE II.

LES MÊMES, VIOLETTE, POLYDORE.

POLYDORE, l'interrompant.

Tu leur diras : « Polydore Dupommeau est un grand homme. »

TOUS.

Un grand homme !

POLYDORE.

Oui, un grand homme ; car ce matin, entre dix et onze heures, il a trouvé un usurier hors d'âge qui a eu l'imprudence de lui prêter deux cents francs.

TOUS.

Deux cents francs !

TOQUANDINE.

En perroquets, ou en argent?

VIOLETTE, faisant sonner l'argent.

En argent, en bel argent que voilà !

CÉSAR.

C'est, ma foi, vrai ! Sac à papier ! ils tombent bien, les deux cents francs, car la caisse de la communauté était d'un vide effrayant !

TOQUANDINE.

Vite, vite, il faut les manger !

TOUS.

Oui ! oui ! oui !

VIOLETTE.

Je propose une partie monstre pour demain !

JULIETTE.

Un grand déjeuner à Nogent, dans l'île de Beauté !

DOROTHÉE.

Et un grand dîner immédiatement après le déjeuner !

TOUS.

Adopté ! adopté !

CÉSAR.

Je me charge des canots !

POLYDORE.

Moi, des provisions !

CORDANCHOIS, d'une voix sinistre.

Moi, de la gaieté !

TOQUANDINE, montrant les femmes.

Et nous autres femmes, de...

CÉSAR, l'interrompant.

Eh bien, mademoiselle ?

TOQUANDINE.

De l'appétit !

VIOLETTE.

Ainsi, demain matin, à huit heures, tout le monde sur le pont !

JULIETTE.

Et toutes voiles dehors !

TOUS.

C'est dit ! c'est dit ! (Entre le concierge.)

CÉSAR.

Chut, mes enfants, et cachons l'argent : le concierge, mon principal créancier ! Il faut lui faire une entrée.

SCÈNE III.

LES MÊMES, LE CONCIERGE.

TOQUANDINE.

Monsieur Canichet !

TOUS.

Ce cher monsieur Canichet ! (Chantant sur un air connu.)

Bonjour, cher Canichet,
Qui t'amène en ces lieux ?

VIOLETTE.

Quel heureux hasard...

LE CONCIERGE.

Ce n'est pas un hasard, c'est une lettre pour M. César.

CÉSAR, voulant prendre la lettre.

Une lettre ?

LE CONCIERGE, refusant de la donner.

C'est six sous !

CORDANCHOIS.

Il faut dire trente centimes.

LE CONCIERGE.

Il faut dire quatre-vingt-douze francs, car c'est à cette somme que se monte la note des ports de lettre de M. César !

JULIETTE, lui prenant la lettre.

Eh ! troun de l'air ! on vous les payera, vos quatre-vingt-douze francs ; mais donnez donc ce pli ! (Elle remet la lettre à César.)

CÉSAR, la regardant.

Ah ! mes amis ! ah ! mes enfants ! c'est de mon oncle de Nogent-le-Rotrou !

TOQUANDINE.

Si c'était encore de l'argent !

LE CONCIERGE.

Encore de l'argent ! Il y en a donc déjà ?

JULIETTE.

Et depuis quand les concierges ont-ils pris l'habitude de se mêler à la conversation des personnes ?

VIOLETTE.

Si jamais, chez mon père, un concierge s'était permis une semblable cascade...

TOQUANDINE.

On l'aurait fait sortir !

JULIETTE.

Eh bien, ça peut se faire !

DOROTHÉE.

Mais oui ! mais oui !

LE CONCIERGE, résistant.

Mais !...

CÉSAR.

Bravo, mesdemoiselles, enlevez le concierge ! (Les quatre femmes enlèvent le concierge, qui se débat, le mettent dehors et referment la porte derrière lui.)

SCÈNE IV.

LES MÊMES, moins LE CONCIERGE.

DOROTHÉE.

Et maintenant, vite la lettre !

CÉSAR, l'ouvrant.

Voilà ! voilà ! (Lisant.) « Mon cher neveu, mes blés, mes vignes et mes foins vont bien ; l'année sera belle, et je me décide...

TOQUANDINE.

A t'envoyer cinq cents francs?...

CÉSAR.

« A faire enfin la dépense d'un voyage à Paris, que je projette depuis trente-trois ans. »

TOUS.

Ah diable !

CÉSAR.

« Je pars demain matin...» (S'interrompant.) c'est aujourd'hui...
« et vers une heure de l'après-midi, je tomberai chez toi...
j'accepterai l'hospitalité que tu m'offriras, et nous allons
passer huit grands jours ensemble, du matin au soir. Pour
commencer, retiens deux stalles au Grand-Opéra pour le
jour même de mon arrivée... A demain. Ton oncle qui t'aime.
— Antoine Cabuchard. »

POLYDORE.

Eh bien, voilà qui est agréable !

VIOLETTE.

Notre partie de demain est flambée!

TOQUANDINE.

Mais, ô César, que vais-je devenir pendant ces huit jours?

CÉSAR.

Allons, allons, ne nous désolons pas. Est-ce que vous
croyez que je suis neveu à passer toute une semaine seul à
seul avec mon oncle et sans vous?... Jamais... au grand jamais!

JULIETTE.

Qu'est-ce donc que cet oncle-là ?

CÉSAR.

Un niais, un naïf, un provincial pur sang, et qui n'a jamais quitté Nogent-le-Rotrou.

VIOLETTE.

Quel qu'il soit, vous ne pouvez pas nous présenter à lui !

CÉSAR, réfléchissant.

Qui sait?

CORDANCHOIS.

Et il ne faut pas que tu te brouilles avec un ascendant qui
a des blés, des vignes et des foins en si bon état.

CÉSAR.

Silence!... ne dites plus rien.

DOROTHÉE.

Qu'est-ce qui lui prend?

CÉSAR, se parlant à lui-même.

Oui, oui, c'est cela. J'ai mon idée.

POLYDORE.

Mais quelle idée?

CÉSAR.

Une idée qui nous sauve. Nous irons tous, ce soir, à l'Opéra.

JULIETTE.

Avec ton oncle ?

CÉSAR.

Avec mon oncle, et tous demain à Nogent !

JULIETTE.

Avec ton oncle ?

CÉSAR.

Avec mon oncle ! Seulement, ne perdons pas de temps ! (Regardant sa montre.) Midi et demi, mes amis, midi et demi... L'oncle Antoine va venir.

TOQUANDINE.

Que va-t-il faire ?

CÉSAR, ôtant sa vareuse.

Toquandine, vite mon habit noir ! (Elle apporte l'habit.) Ensuite, enlevons d'ici tout ce qui trahit une existence trop pittoresque. Ces pipes, ces bilboquets, ces gravures légères, ces statuettes peu vêtues. Emportez tout cela dans la pièce à côté.

TOUS, allant et venant.

Voilà ! voilà !

CÉSAR, qui a mis l'habit.

Très-bien. Maintenant, cette table ici. (Polydore et Cordanchois apportent la table sur la scène.) Puis, autour de la table, six chaises. (Fridolin range les chaises.) A merveille !

JULIETTE.

Mais pourquoi tout ce branle-bas ?

CÉSAR.

Vive-Dieu ! l'on m'interroge, je crois ? Sur la table, tout ce qu'il faut pour écrire : papier, plumes, encre, et aussi des livres sérieux : histoire, géographie !

TOUS, allant et venant.

Voilà ! voilà !

CÉSAR, regardant à la fenêtre.

Saperlotte ! il n'était que temps... Un petit fiacre chargé de malles à la porte ! C'est lui, c'est l'oncle Antoine ! Plus un instant à perdre.

VIOLETTE, montrant les femmes.

Eh bien, qu'est-ce que nous faisons ?

CÉSAR.

Mettez-vous à cette table, et écrivez, comme de dociles écolières, ce que je vais vous dicter.

TOQUANDINE.

Une dictée ?

CÉSAR.

Oui, et pas d'observations... De la tenue, n'est-ce pas, mes
enfants? Vous êtes un tas de jeunes gens et de jeunes filles
du grand monde, ne l'oubliez pas. (Il écoute.) Quant à toi,
Polydore, tu comprends. (Il lui parle bas.)

POLYDORE.

Parfait! parfait!

CÉSAR.

Des pas... va! Et nous, vite à la dictée! (Polydore sort; César se
met dans un fauteuil, prend un livre et attaque le premier couplet sur l'histoire de France.)

I

Pharamond est, dit-on, le premier de ces rois
Que les Francs, dans la Gaule...

SCÈNE V.

Les Mêmes, moins POLYDORE, plus CABUCHARD.

(Il entre, portant un parapluie sous son bras, une malle d'une main, un sac de
nuit de l'autre.)

CÉSAR, se levant.

Mon oncle!

CABUCHARD.

Mon neveu! (Ils s'embrassent.)

CÉSAR.

Excusez-moi, mesdemoiselles et messieurs, c'est mon oncle,
mon oncle de Nogent-le-Rotrou. Je ne l'avais pas vu depuis
quatre ans.

TOUS.

Votre oncle! (Grand salut.)

CABUCHARD, à César.

Pardon, mesdames, messieurs! (Bas, à César.) Quelles sont ces
personnes?

CÉSAR, de même.

Je vous expliquerai cela tout à l'heure; laissez-moi ter-
miner ma leçon; je les renvoie, et je suis tout à vous!

CABUCHARD, bas.

Comment, la leçon?

CÉSAR.

Silence!... Mon oncle! (Aux autres.) Attention, mesdemoiselles
et messieurs!

COUPLETS.

I

Pharamond est, dit-on, le premier de ces rois
Que les Francs, dans la Gaule, ont mis sur le pavois ;
Clodion prend Cambrai... puis règne Mérovée ;
De la fureur des Huns Lutèce est préservée ;
Francs, Bourguignons et Goths triomphent d'Attila ;
Chilpéric fut chassé, mais on le rappela.

TOUS.

Dieu, que c'est intéressant !
Ce récit est palpitant !
L'histoire est assurément
Un très-bel enseignement,
En montrant le châtiment
Qui punit l'égarement,
Tandis que la gloire attend
Le prince honnête et clément !

CABUCHARD.

Je n'y comprends rien vraiment !
Mais je reconnais pourtant
Que l'histoire, assurément,
Est un bel enseignement,
En montrant le châtiment
Qui punit l'égarement,
Tandis que la gloire attend
Le prince honnête et clément !

CABUCHARD, bas.

Mais que signifie ?

CÉSAR, bas.

Laissez, laissez ! Quelques mots sur Louis XIV, et je finis.

II

Sous sa mère, à cinq ans, Louis quartorze est roi ;
En montant sur le trône, il dit : « L'État, c'est moi ! »
En l'an mil sept cent quinze a fini la carrière
Du grand roi qui lutta contre l'Europe entière.
Au moment de sa mort, il cessa d'être roi,
En répétant toujours son mot : « L'État, c'est moi ! »

REPRISE DE L'ENSEMBLE.

(Après les couplets, César se lève ; Cabuchard, ébahi, suit tous ses mouvements.)

CÉSAR, aux élèves.

Mesdemoiselles et messieurs, nous en resterons là pour aujourd'hui, et je vous demanderai la permission de causer seul à seul avec mon oncle Cabuchard. Allez étudier votre leçon de géographie. (Tous se sont levés et se sont approchés de Cabuchard, qui les regarde sans rien dire.)

TOUS, se levant.

Au revoir, monsieur Cabuchard!... Au revoir, notre bon maître!

CABUCHARD.

Au revoir, mesdemoiselles, messieurs, au revoir, au revoir! (Les élèves sortent deux à deux comme une pension.)

SCÈNE VI.

CÉSAR, CABUCHARD.

CABUCHARD.

Ah çà! je suis stupéfait... Explique moi...

CÉSAR.

Je ne vous dirai rien avant de vous avoir embrassé encore une fois, mon oncle, mon cher oncle!

CABUCHARD, se dégageant.

Bien! très-bien! Mais enfin, qu'est-ce que c'est que tout ce monde-là?

CÉSAR.

Ce sont mes élèves.

CABUCHARD.

Tu me l'as déjà dit... mais je ne comprends pas.

CÉSAR.

C'est que vous ne savez pas quel homme je suis. Qu'est-ce que vous croyez que je fais à Paris depuis trois ans?

CABUCHARD.

Mais, dame, je sais ce que c'est que la jeunesse, moi; tu dois y faire un peu de droit, tout doucettement, comme un homme qui veut que ça dure longtemps.

CÉSAR.

Erreur, mon oncle, erreur! Vous avez lu des romans et vous y avez vu que l'étudiant était à Paris un être viveur, bambocheur et cascadeur! Je ne suis pas cet étudiant-là, moi!

CABUCHARD.

Quel étudiant es-tu donc?

CÉSAR.

Au lieu de dépenser en folles orgies les mille cinq cents francs de pension que vous me faites, j'ai employé mon temps d'une manière utile à moi-même et profitable à la société.

CABUCHARD.

A la société?

CÉSAR.

Oui, à la société. Quelle est, en effet, la base essentielle de toute société bien organisée?

CABUCHARD.

La base de toute société?... Attends... Je ne te dirai pas!...

CÉSAR.

C'est l'instruction... Quels sont les hommes qui rendent les plus grands services à la société? Ceux qui répandent l'instruction! Je suis un de ces hommes, mon oncle, je suis un de ces hommes!

CABUCHARD.

Et tes élèves sont des jeunes filles?

CÉSAR.

Quatre jeunes filles et deux jeunes gens.

CABUCHARD.

Mais quelle est la mère assez confiante...

CÉSAR.

Ce n'est pas leur mère, c'est leur tante.

CABUCHARD.

Alors, quelle est la tante assez imprudente...

CÉSAR.

Assez, mon oncle, assez! ménagez vos expressions! Il s'agit d'une femme parfaitement honorable.

CABUCHARD.,

On a eu beau me dire qu'à Paris on voyait les choses les plus étranges, je n'aurais jamais pu penser que...

CÉSAR.

Eh! mon oncle, Nogent-le-Rotrou est certainement une ville de progrès, mais Paris, voyez-vous, est encore plus avancé.

CABUCHARD.

Tu diras ce que tu voudras... ce sont là des mœurs de l'autre monde!

CÉSAR, à part.

De l'autre monde!... Ah! quelle idée! (Haut.) Mais, en effet, mon oncle, ce sont des mœurs de l'autre monde!

CABUCHARD.

Que veux-tu dire?

CÉSAR.

Ce sont des mœurs d'Amérique... Cette baronne... c'est une baronne!... qui m'a confié sa petite famille, n'est pas une baronne française... c'est une baronne américaine!

CABUCHARD.

Américaine! Ah! tu m'en diras tant! Baronne américaine! Voilà qui explique tout! Il paraît que c'est un pays extraordinaire, que cette Amérique. On dit qu'il se passe là-bas des choses fantastiques!

CÉSAR.

Des choses folles, mon oncle, et cela, principalement dans l'éducation des jeunes personnes. Vous auriez une jeune fille

de dix-huit ans, vous lui diriez : «Tenez-vous droite, mademoiselle, baissez les yeux ; rougissez, ne regardez pas les
jeunes gens en face ; ne profitez pas du mauvais temps pour
montrer vos jambes ; ne faites pas de calembours, et ne levez
pas le pied au-dessus du nez de votre cavalier, à moins que
vous ne soyez très-liée avec lui. Et encore il vaut mieux
attendre, pour faire tout cela, que vous soyez mariée.» En
Amérique, au contraire, une bonne mère dit à sa fille : «Va,
mon enfant, cours les grands chemins et jette ton bonnet
par-dessus tous les moulins que tu rencontreras ; ne baisse
pas les yeux, ne rougis pas, regarde les jeunes gens en face
et dérange-toi tant que cela te fera plaisir ; tu te rangeras
après ton mariage.» Telle est la théorie de la baronne de San-
Francisco, la tante de mes élèves !

CABUCHARD.

Baronne de San-Francisco ! C'est un beau nom.

CÉSAR.

Et une belle femme, mon oncle, et une belle femme !

SCÈNE VII.

LES MÊMES, POLYDORE, en femme, costume ridicule : plumes, den-
telles, panaches.

POLYDORE, dans la coulisse.

C'est bien, Astolfo, c'est bien ! descendez et dites à Peblo
de retourner à l'hôtel avec le corricolo ! Je rentrerai à
pattes.

CÉSAR.

C'est elle, mon oncle, c'est elle !

CABUCHARD.

La baronne américaine ?

CÉSAR.

Oui, mon oncle. (Entre Polydore, habillé en femme.)

POLYDORE.

C'est moi, cher monsieur, c'est moi. Ah ! pardon ! je vous
dérange !

CÉSAR.

Nullement, madame, nullement. Permettez que je vous
présente M. Antoine Cabuchard, mon oncle.

POLYDORE.

Votre oncle ! Ah ! vous avez un oncle, et vous ne me l'aviez
pas dit ? (Lui tapant sur le ventre.) Petit farceur, il a un oncle, et
il ne le dit pas !

CÉSAR, bas, à Polydore.

Fais donc attention, malheureux, tu es une baronne !

CABUCHARD, bas, à César.

Dis donc, dis donc, quelle drôle de baronne!

CÉSAR, de même.

Une Américaine, mon oncle, une Américaine!

CABUCHARD, de même.

Oui... tu avais bien raison... ces Américaines... c'est in-croyable... Elle est belle personne, du reste.

CÉSAR.

Je suis ravi de vous voir, chère baronne (Appuyant sur le mot.) de San-Francisco.

POLYDORE, bas, à César.

Mais non, de San-Frangipano!

CÉSAR, bas, à Polydore.

Non, tu n'es plus Italienne, tu es Américaine!

POLYDORE.

Ah!

CÉSAR.

Oui, je suis ravi de vous voir, car j'allais vous écrire.

POLYDORE.

M'écrire! Ah! vous m'épouvantez! Un de mes chers enfants malade, peut-être?

CABUCHARD, à part.

Elle a dit ça avec âme.

CÉSAR.

Non, non, calmez-vous, ils vont tous très-bien! J'avais à vous dire qu'à mon grand regret, je ne pourrais vous accom-pagner ce soir aux Folies-Dramatiques. (A Cabuchard.) Madame a, tous les mercredis, sa loge aux Folies-Dramatiques.

CABUCHARD.

Qu'est-ce que c'est que les Fouillis-Dramatiques?

CÉSAR.

Un des premiers théâtres de Paris... (A part.) en arrivant par la Bastille. (A Polydore.) Je vais à l'Opéra, ce soir, avec mon oncle.

POLYDORE.

Ah! je suis navrée, navrée! Que joue-t-on à l'Opéra?

CÉSAR.

Guillaume Tell.

POLYDORE.

Guillaume! Ah! je l'adore, ce Guillaume! Quel homme courageux! et puis quel tir! Je renonce aux Fol-Dram! J'irai aussi à l'Opéra!

CÉSAR.

Mais mon oncle sera ravi de vous offrir une loge.

CABUCHARD, à part.

Diable! une loge à l'Opéra, ce doit être salé!

POLYDORE.

Oh! il en faudrait deux! mes quatre nièces, mes deux neveux, nous trois, ça fait neuf personnes.

CÉSAR.

Non oncle aura deux loges.

CABUCHARD, à part.

Deux loges!

CÉSAR.

Je cours les chercher, mon oncle, je cours les chercher!...
(Bas, à Polydore.) Ça va très-bien! tu es superbe! Où as-tu déterré
ce costume-là?

POLYDORE, de même.

Je l'ai loué deux francs à l'heure, et je ne regrette pas mon
argent.

CÉSAR.

Je vous laisse avec madame, mon oncle. A bientôt! à bientôt! (Bas, à Polydore, en sortant.) Arrange la partie de Nogent!

SCÈNE VIII.

CABUCHARD, POLYDORE.

POLYDORE, à part.

Américaine! Américaine! J'avais préparé une histoire italienne qui ne peut plus servir. Enfin! (Se retournant vers Cabuchard.) Ah! pardon! je m'oubliais dans mes rêveries.

CABUCHARD.

Faites donc, je vous en prie! (A part.) Elle a quelque chose
de triste qui m'intéresse, et puis, quelles grandes manières!

POLYDORE.

Je rêve souvent, trop souvent!... J'ai tant souffert!

CABUCHARD.

Vous avez souffert?

POLYDORE.

Horriblement! Le baron était un tyran, et la douleur que
j'ai dû afficher après l'avoir perdu a été une des plus grandes
joies de ma vie!

CABUCHARD.

Ah!

POLYDORE.

Oui, je haïssais le baron, et j'avais de bonnes raisons pour
le haïr. Si vous saviez, Cabuchard, dans quelles conditions
s'est bâclé mon mariage!

CABUCHARD.

Je l'apprendrais avec plaisir! (A part.) Quelle drôle de baronne! mais elle est sympathique!

POLYDORE.

C'est une ténébreuse histoire, allez!

COUPLETS.

I

Au fin fond de la Sonora,
Un soir, mon papa se trouva;
A ses amis, il proposa
De faire un petit baccarat.
Le baron de San-Francisco
   Répondit : « Bravo!
Cela me va! cela me va!
Faisons un petit baccarat! »

II

Mon pauvre papa s'enfila;
Toute sa fortune y passa!
Dans sa déveine, il s'écria :
« Jouons ma fille, que voilà! »
Le baron de San-Francisco
   Répondit : « Banco!
Cela me va! cela me va!
J'ai de la chance au baccarat! »

III

Près des joueurs on se serra,
Et l'affreux baron triompha!
Il eut neuf, tandis que papa
Abattit un affreux pata!
Le baron de San-Francisco
   Gagna son banco;
J'étais à lui! Le scélérat
M'avait gagné au baccarat!

CABUCHARD, à part.

Quelles mœurs, mon Dieu! quelles mœurs!

POLYDORE.

Oui, c'était un monstre! Mon supplice dura dix-huit ans, au bout desquels ma patience se lassa. Je le fis tuer dans un lâche guet-apens par un revolver dont le cœur et le bras étaient à mon service!

CABUCHARD, à part.

Quelle drôle de baronne !

POLYDORE.

Et ce fut avec joie... oui, avec joie... que je me penchai sur son cadavre et que je savourai ma vengeance. Il me laissa veuve et mère de quatre nièces et deux neveux. Depuis, j'ai célébré fidèlement l'heureux anniversaire de mon veuvage. Je le célébrerai demain !

CABUCHARD.

Ah ! c'est demain ?

POLYDORE.

Oui, je donne dans ma villa de Nogent une fête américaine, fête tout intime, d'ailleurs !

CABUCHARD, à part.

Ça doit être très-curieux ! Si je pouvais y aller ?

POLYDORE.

Et s'il vous plaisait d'y assister, vous me combleriez, blague dans le coin, vous me combleriez !

CABUCHARD, à part, cherchant autour de lui.

Il y a une blague dans le coin ?... où ça ?... Une locution américaine, peut-être !... (Haut.) Mais avec ivresse, baronne, avec ivresse !

SCÈNE IX.

LES MÊMES, CÉSAR.

CÉSAR.

Voilà les deux loges !

POLYDORE, bas, à César.

C'est fait, il viendra à Nogent.

CÉSAR.

Bravo !

CABUCHARD, bas, à César.

Elle est très-étrange ! elle m'a conté des choses inouïes !... (A Polydore.) Belle dame, je dépose ces coupons à vos pieds !

POLYDORE.

Merci ! merci ! (A César.) Mais, mes enfants, mes chers enfants ?...

CÉSAR.

Ils vont venir ; je les ai prévenus que vous étiez ici.

SCÈNE X.

LES MÊMES, CORDANCHOIS, FRIDOLIN, TOQUANDINE, VIOLETTE, JULIETTE, DOROTHÉE.

CORDANCHOIS, paraissant le premier.

Il me semble avoir entendu la voix de tantante !

POLYDORE.

Oui, cher ange, c'est tantante, c'est bien tantante !

TOUS, entrant bruyamment.

Tantante Francisco! Bonjour, tantante Francisco! (Ils entourent Polydore, qui embrasse les femmes et bouscule Cordanchois et Fridolin, qui veulent aussi l'embrasser.)

POLYDORE, à Cabuchard.

Excusez, monsieur, ces épanchements...Je les aime tant !... Voulez-vous permettre à leur précepteur de vous les présenter?

CABUCHARD.

Mais certainement, mais certainement!

CÉSAR, présentant Fridolin.

Arthur, l'aîné de la bande! (Présentant Violette.) miss Pied-dans-l'Œil! (Juliette.) miss Bouilleabaisse! (Dorothée.) miss Vague-à-l'Ame! (Toquandine.) miss Crème-de-Chic! (Cordanchois.) et, enfin, Polyte, le petit Polyte, le plus jeune de tous!

CABUCHARD.

Le plus jeune! (Bas, à César.) Comment fais-tu pour retenir ces noms-là?

CÉSAR, bas, à Cabuchard.

Je parle l'américain comme le français, mon oncle.

POLYDORE.

Mes enfants, mes chers enfants, préparez-vous à une grande joie !

TOUS.

Une grande joie !

POLYDORE.

M. Cabuchard vient de m'offrir deux loges pour l'Opéra, et nous y allons tous ce soir!

TOUS.

Tous à l'Opéra !

POLYDORE.

Ce n'est pas tout ! Vous savez que c'est demain l'heureux anniversaire?

CABUCHARD, à part, indigné.

Comment, devant eux?

TOQUANDINE, bas, à César.

Quel anniversaire?

CÉSAR, bas, aux élèves.

Je ne sais pas, mais disons comme lui.

TOUS.

Oh! oui, bien heureux! bien heureux !

CABUCHARD, à part, de plus en plus indigné.

En France, on appellerait ça des petits monstres; en Amérique, au contraire... Quelles drôles de mœurs!

POLYDORE.

Eh bien, pour le célébrer, nous irons tous demain à ma villa de Nogent, et monsieur Cabuchard est de la régalade !

CABUCHARD, à part.

De la régalade ! Oh! ils m'amusent beaucoup, ces Américains !

CÉSAR.

Allons, partons tout de suite, il n'est que temps !

TOUS.

Oui, partons ! (Préparatifs du départ général.)

CABUCHARD, bas , à César.

Je suis ravi de voir des Américains de près ; je raconterai tout ça à Nogent-le-Rotrou.

CÉSAR, bas.

Vous aurez un effet bœuf !

CABUCHARD, de même.

Un filet de bœuf !

CÉSAR, de même.

Non, un effet bœuf ! C'est une locution américaine. Ça se gagne, vous savez, dans la conversation !

CABUCHARD, bas, montrant la baronne.

Et tu dis qu'elle est riche ?

CÉSAR, bas.

Américainement !

CABUCHARD, de même.

Mais alors, ses nièces sont de bons partis. Tu devrais en épouser une.

CÉSAR, de même.

C'est fait, mon oncle, c'est fait !

CABUCHARD, de même.

Comment, c'est fait !

CÉSAR, de même.

Je veux dire : J'ai fixé mon choix !

CABUCHARD, de même.

Sur laquelle ?

CÉSAR, bas, montrant Toquandine.

Sur celle-ci !

CABUCHARD, bas.

Elle est charmante !

JULIETTE.

Nous voici ficelées !...

DOROTHÉE.

Équipées !

VIOLETTE.

Harnachées !

TOQUANDINE.

Et chapotées !

POLYDORE.

Détalons !

TOUS.

Détalons! détalons!

CABUCHARD, à part.

Ficelées! chapotées! détalons! Quelle langue, que celte langue américaine!

FINALE.

ENSEMBLE.

Partons tous ensemble,
Et partons gaîment!
Le plaisir nous rassemble,
Le plaisir nous attend!

POLYDORE.

Soignons mon air et mon maintien!

CÉSAR, à Cabuchard.

Que dites-vous de la baronne?...

CABUCHARD, à César.

Elle est très-bien, très-bien!

CÉSAR, aux autres, pendant que Polydore prend le bras de Cabuchard.

Ce soir le champagne
Et puis l'Opéra;
Demain la campagne,
Et l'oncle payera!
Nous allons toute la semaine
Faire une noce américaine!

REPRISE DE L'ENSEMBLE.

Partons tous, etc.

ACTE DEUXIÈME

A Nogent, au bord de la rivière : charmille, grande table sous un bosquet.

SCÈNE PREMIÈRE.

Tous les Personnages.

(Ils sont tous en canotiers et en canotières, à l'exception de Cabuchard et de Polydore, qui ont gardé leurs costumes du premier acte. La scène est vide au lever du rideau. Entrée générale sur le motif de la chanson suivante.)

TOUS.
Pour s'en aller à Nogent,
On peut indistinctement
Voyager par terre,
Voyager par eau;
En chemin de *ferre*
Ou bien en bateau.

I

TOQUANDINE.
Nogent possède trois îles...
TOUS.
Trois îles
Fertiles.
JULIETTE.
Fertiles en cabarets.
TOUS.
En cabarets,
En vins clairets.
CORDANCHOIS.
Fertiles en côtelettes,
Fertiles en tartelettes,
Fertiles en omelettes.
TOUS.
En côtelettes,
En tartelettes,
En omelettes;
Pour s'en aller à Nogent, etc.

II

VIOLETTE.
On mène à Nogent les filles ..
TOUS.
Les filles
Gentilles...

DOROTHÉE.
Et ces chers petits amours...
TOUS.
Petits amours
En jupons courts,
CÉSAR.
Dévorent les côtelettes,
Dévorent les omelettes,
Dévorent les tartelettes.
TOUS.
Les côtelettes,
Les omelettes,
Les tartelettes.
Pour s'en aller à Nogent,
On peut, etc., etc.
CÉSAR.

Halte! front! A droite, alignement! Rompez les rangs!
(Branle-bas général. Les hommes déposent sur la table les paniers qui con-
tiennent le déjeuner.)
LA BARONNE, allant à Cabuchard, qui regarde tout le monde aller et venir
et paraît très-fatigué et très-accablé par la chaleur.
Voulez-vous me permettre de vous débarrasser? (Elle lui prend
son parapluie et son chapeau.)
CABUCHARD.

Trop bonne, chère dame, trop bonne! (A part.) Elle est pleine
d'attentions pour moi, cette baronne...
CÉSAR, à Cabuchard.
Eh bien, mon oncle, que dites-vous de notre petite partie?
CABUCHARD.

Je dis qu'il fait bien chaud, et que vous êtes tous étrange-
ment vêtus.
CÉSAR.

C'est le costume des planteurs et des planteuses des rives
de l'Ohio et du Mississipi. (Montrant le sien.) Celui-ci m'a été
donné par la baronne, et, vous comprenez, par convenance,
je dois le porter.
CABUCHARD.

Certainement! certainement!
POLYDORE, à Cabuchard.
Eh bien, cher monsieur, que dites-vous de ma case et de
ma prairie?
CABUCHARD, à part.
La case, la prairie... que c'est américain! (Haut.) Mais char-
mant, baronne, divin, idéal...
POLYDORE.
C'est bien simple, bien rustique.
VIOLETTE.
Mais aussi, pas de voisins, pas de gêneurs!

TOQUANDINE.

Ce qui fait qu'on peut tout à son aise cascader, balader et folichonner.

CABUCHARD.

Oui, certainement, on peut... (A part.) Le diable m'emporte si j'y comprends un mot, à ce qu'elles me disent!

JULIETTE.

Et je crois bien qu'il est venu, le moment de la folichonnerie!

TOUS.

Oui ! oui ! oui !

CÉSAR.

Votre professeur autorise une heure de navigation avant le déjeuner...

TOUS.

En barque! en barque!

CÉSAR.

Oui, mais pas avant d'avoir entonné *le Canotier de Lonjumeau.*

I.

Un canotier de Lonjumeau
Voguait dans son bateau
Quand une voix douce et plaintive
Lui cria de la rive :
Ohé! beau canotier de Lonjumeau,
Je voudrais bien aller sur l'eau.

II.

Le canotier de Lonjumeau
Aborda son bateau,
Puis il y fit monter la dame,
En disant avec flamme :
Ohé! le canotier de Lonjumeau,
Va vous promener sur l'eau.

III.

Le canotier de Lonjumeau
N'arrêta son bateau
Qu'en un pays loin de la terre,
Et qu'on appelle Asnière.
Ohé! le canotier de Lonjumeau
Fit un fameux tour en bateau.

TOUS, y compris Polydore qui saute comme les autres.

Et maintenant en barque! en barque!

CABUCHARD, à part, regardant la baronne.

Qu'est-ce qu'elle a donc, la baronne?...

POLYDORE, voyant que Cabuchard le regarde.

Je vous étonne, n'est-ce pas? C'est la joie de ces enfants il i me gagne.

TOQUANDINE, bas, aux femmes.

Il serait important de laisser ici le Cabuchard...

VIOLETTE.

Je me charge de la chose... (A Cabuchard.) Vous devez être
fatigué, cher monsieur, et vous pourriez vous reposer...

CABUCHARD.

Mais volontiers!

VIOLETTE.

Ma tante sera ravie de vous tenir compagnie...

POLYDORE, bondissant, à part.

Comment! lui tenir... (Se reprenant.) Mais certainement!...
certainement!

CABUCHARD, à part.

Cette baronne est décidément très-aimable avec moi.

POLYDORE, aux autres.

Mais je la trouve détestable!... Qu'est-ce que vous voulez que
je lui dise, au Cabuchard?...

CÉSAR, bas.

Eh! pardieu! joue ton rôle! (Haut.) A bientôt, baronne !

TOUS.

A tantôt, tantante. A bientôt, monsieur Cabuchard!...
(Sortie générale. Polydore et Cabuchard restent seuls en présence.)

SCÈNE II.

CABUCHARD, POLYDORE.

CABUCHARD, regardant la baronne.

On ne peut pas dire qu'elle est jolie, mais elle a de grandes
manières, et elle me devient de plus en plus sympathique.

POLYDORE, à part.

Qu'est-ce que je vais lui conter?

CABUCHARD.

Elles sont charmantes, vos nièces !

POLYDORE.

C'est jeune, c'est naïf...

CABUCHARD.

César m'a avoué qu'une d'entre elles...

POLYDORE.

Oui, je sais, j'ai autorisé.

CABUCHARD.

Le jour du mariage n'est pas encore fixé?...

POLYDORE.

Oh ! mon Dieu! cette formalité est-elle indispensable?...
Une noce, c'est bien vulgaire, bien banal!...

CABUCHARD.

Mais, baronne, en France, on tient essentiellement à ce
que...

POLYDORE.

Soit, alors, soit! (A part.) Et les autres qui sont en canot !...
et il y a du vent !...

CABUCHARD.

Le chiffre de la dot est fixé ?

POLYDORE.

La dot... oui, oui : je donne trois cent mille balles...

CABUCHARD.

De coton?

POLYDORE.

Non, trois cent mille francs...

CABUCHARD.

A chacune de vos nièces? Mais vous vous dépouillez...

POLYDORE.

Oh! il me restera encore plus d'un million.

CABUCHARD, à part.

Mais, sacrebleu! mais, sacrebleu ! ce ne serait pas bête du
tout !...

POLYDORE, se mouillant le doigt et prenant le vent, à part.

Vent arrière !... Doivent-ils filer !...

CABUCHARD, revenant à elle.

Mais quand vos nièces seront mariées, vous resterez seule,
bien seule...

POLYDORE, à part.

Où diable veut-il en venir? (Haut.) C'est vrai! c'est vrai !

CABUCHARD.

Je connais ça, la solitude. C'est triste, allez!... Je n'ai
qu'une aisance bien modeste, une ferme qui me rapporte
une dizaine de mille francs, mais j'avoue que mon plus cher
désir serait de trouver une compagne qui... que...

POLYDORE, à part, effrayée.

Ah! mon Dieu! ah! mon Dieu! Est-ce qu'il va me proposer
de l'épouser? (Haut.) Mais , en effet, je comprends...

CABUCHARD, à part.

Je ne sais pas trop comment lui dire cela. Ah bah! c'est une
bonne personne. (Haut.) Madame!...

POLYDORE.

Eh bien, monsieur?...

CABUCHARD.

Si vous ne craigniez pas de recommencer une seconde
épreuve, et si, d'un autre côté, vous ne me trouviez pas plus
désagréable que je ne vous trouve...

POLYDORE.

Eh bien, monsieur ?

CABUCHARD.

Eh bien... eh bien... (A part.) C'est trop difficile à dire, je vais essayer de le chanter. (Haut.) Eh bien...

COUPLETS.

I

J'ai cent moutons et vingt génisses,
Qui sont plus blanches que le lait ;
Beau mobilier, bonnes bâtisses,
Enfin, un ménage complet.
Terre fruitière et potagère
Verdoyante sous le ciel bleu ;
Mais je n'ai pas la ménagère
Pour me faire mon pot-au-feu.

II

J' possède encor un rhumatisme,
Et puis ma place du lutrin ;
J' suis possesseur d'un anévrisme,
Si j'en crois not' docteur-médecin.
J'ai tous les biens sur cette terre,
Point de fille, rien qu'un neveu ;
Mais, etc., etc.

POLYDORE, à part.

Eh bien, celle-là est plus forte que tout !...

CABUCHARD.

Ainsi, pour me résumer, je vous avoue que ces manières américaines m'ont donné pour vous une estime... Enfin, baronne, en Amérique, quand on se jette aux pieds d'une femme, ça veut-il dire, comme en France, qu'on lui demande sa main?...

POLYDORE.

Du monde, monsieur ! debout !

CABUCHARD, à part.

Les voici! Ah! tant pis! Je crois que la baronne était émue...

SCÈNE III.

Tous les Personnages.

(Les canotiers et les canotières rentrent en dansant sur le motif : « Pour s'en aller à Nogent. »

TOQUANDINE.

Ah! le joli temps et la jolie promenade !...

VIOLETTE.

Maintenant, déjeunons...

JULIETTE.

Oui, déjeunons; car, moi, j'ai mon estomac dans mes bottines.

CABUCHARD.

Vous avez donc alors un bien petit estomac, mademoiselle?

TOUS.

Charmant! charmant!...

CORDANCHOIS.

Mais vous avez beaucoup d'esprit!...

CABUCHARD.

On fait ce qu'on peut!...

TOQUANDINE.

Déballons les provisions. Venez nous aider, monsieur Cabuchard.

CABUCHARD.

Volontiers, mademoiselle, volontiers!...

POLYDORE, bas, à César et à Violette.

Savez-vous ce qui se passe?...

CÉSAR ET VIOLETTE.

Quoi?...

POLYDORE.

Eh bien, ton oncle veut m'épouser...

CÉSAR ET VIOLETTE, éclatant de rire.

T'épouser!...

POLYDORE, à César.

C'est toi qui lui as parlé de ma fortune colossale... alors, lui, m'a parlé de sa modeste aisance, une petite ferme rapportant dix mille francs... Comment sortir de là?...

CÉSAR, riant.

Je ne sais pas, arrange-toi! Ça te regarde, ça ne m'inquiète pas, moi... Qu'il ne se marie pas, c'est tout ce qu'il me faut, et, comme il ne peut pas t'épouser...

POLYDORE.

Oui, mais c'est que je commence à en avoir assez, de mon rôle de baronne!... je vais donner ma démission...

CÉSAR, effrayé.

Pas de bêtises, ne fais pas cela!...

POLYDORE.

Alors, qu'on me délivre de Cabuchard!

VIOLETTE.

Eh bien, je m'en charge.

CÉSAR.

Toi!...

VIOLETTE.

Oui, j'ai une idée!... j'ai une idée!... (Pendant ce temps, tout a été préparé pour le déjeuner.)

JULIETTE, à César, Violette et Polydore.

Hé! là-bas, les autres, est-ce que vous n'aurez pas bientôt
fini?...

LES TROIS, accourant.

Voilà! voilà!...

CABUCHARD, à part, regardant Juliette.

Singulière façon de parler à sa tante et à son professeur!
Les mœurs américaines! les mœurs américaines!

VIOLETTE, à Cabuchard.

Voulez-vous me permettre de me placer à côté de vous?...

CABUCHARD.

Comment donc, mademoiselle!... (On prend place par terre.)

VIOLETTE.

J'ai beaucoup de sympathie pour vous... Je suis sûre que
vous êtes un très-brave homme...

CABUCHARD.

Tout le monde vous le dira à Nogent-le-Rotrou.

VIOLETTE.

Nogent-le-Rotrou! Ce nom me plaît! C'est une jolie ville,
n'est-ce pas?

POLYDORE, à part.

Ah çà! mais son moyen?...

CABUCHARD.

Mais, pas trop vilaine. C'est le *Novigentum Retrudum* des
Romains.

VIOLETTE, tendrement.

Je m'en doutais... Et votre ferme?

CABUCHARD.

Ma ferme est à deux lieues de la ville.

VIOLETTE.

Elle rapporte?

CABUCHARD.

Une dizaine de mille francs!...

VIOLETTE.

C'est curieux!... Une ferme à deux lieues de Nogent-le-
Rotrou, rapportant une dizaine de mille francs... ç'a toujours été mon rêve...

CABUCHARD, à part.

Quel œil! quel œil! Je ne savais pas ce que c'était qu'un
œil américain.

CÉSAR, à part.

Mais, saperlotte! il pourrait l'épouser, elle... (A Polydore.)
Détourne la conversation... détourne... détourne!

POLYDORE, haut.

Ah çà! mais on ne boit pas, on ne chante pas!...

TOUS.

C'est vrai! buvons et chantons!...

CABUCHARD, à part.

Singulière manière de comprendre la vie de famille, c'est elle-même qui les excite.

TOQUANDINE.

Oui ; mais, qúe chanter?...

TOUS.

Une ronde, parbleu ! ..

CORDANCHOIS.

Je propose *le Rhinocéros et la Griselte.*

TOUS.

Non, non, autre chose !...

JULIETTE.

Le Sapeur et la Tragédie.

TOUS.

Oui, oui, *le Sapeur et la Tragédie.*

CABUCHARD.

C'est une chanson américaine ?

TOQUANDINE.

Tout ce qu'il y a de plus américain.

TOUS.

En avant, la musique !

RONDE.

VIOLETTE.

On jouait à l'Odéon
Une Fête sous Néron :
Un sapeur s'aventura
Dans la salle, et se plaça
A la galerie!

TOUS.

A la galerie !

VIOLETTE.

Puis, tout joyeux, il se dit :
« Je m'en vais, jusqu'à minuit,
Voir la tragédie ! »

DOROTHÉE.

A peine eût-on commencé,
Qu'il se sentit tout glacé,
Et tomba subitement
Dans un grand abattement,
A la galerie!

TOUS.

A la galerie!

DOROTHÉE.

Cet homme brave et barbu,
En un instant fut vaincu
Par la tragédie!

TOUS.
Par la tragédie!

TOQUANDINE.
Lorsque le rideau tomba,
Le sapeur point ne bougea ;
Une ouvreuse l'aperçut,
Et bien vite elle accourut
A la galerie !

TOUS.
A la galerie!

TOQUANDINE.
Accourut en se disant :
Il dort, où dort très-souvent
A la tragédie!

TOUS.
A la tragédie!

JULIETTE.
Hélas ! elle se trompait,
Le sapeur point ne dormait ;
Pleurons tous, pleurons son sort!
Le malheureux était mort
A la galerie !

TOUS.
A la galerie!

JULIETTE.
Tel fut, pour ce bon soldat,
Le funeste résultat
D'une tragédie.

TOUS.
D'une tragédie!

CORDANCHOIS.
La morale de ceci,
La morale, la voici :
Redoutez la tragédie
Si vous tenez à la vie.

TOUS.
La morale, etc., etc.

(Après le dernier couplet, les femmes se lèvent et dansent autour de Cabuchard. César fait de vains efforts pour les en empêcher.)

CABUCHARD, les regardant.
Qu'est-ce que c'est que ça, qu'est-ce que c'est que ça?

CÉSAR.
Une danse américaine, mon oncle, une danse américaine !

VIOLETTE, tombant dans les bras de Cabuchard après la danse.
Cabuchard! mon cher Cabuchard !

POLYDORE, furieux.
Mademoiselle, mademoiselle, ici ! que je vous parle !

VIOLETTE, allant à lui.
Eh bien, quoi ?

CABUCHARD, à part.

Elle a été un peu loin, et la baronne va se fâcher.

POLYDORE, bas, à Juliette.

Vous vous conduisez comme un polichinelle !

VIOLETTE, colère.

Monsieur Polydore !...

POLYDORE, bas.

Je vous défends de reparler à Cabuchard.

VIOLETTE, exaspérée.

Tu me le défends ?

POLYDORE.

Oui... oui... oui... oui!...

CABUCHARD, à part.

Elle est furieuse !

VIOLETTE.

Ah! tu me défends... (Aux femmes.) Vous entendez, il me défend... (Éclatant.) Eh bien, toi, voilà pour toi! dzing! dzing! (Elle lui donne deux soufflets.)

CABUCHARD, à part.

Oh! une nièce souffleter sa tante! Quelles mœurs! quelles mœurs !

CÉSAR, voulant les calmer.

De grâce ! de grâce !...

TOUTES LES FEMMES.

Violette a raison !

TOUS LES HOMMES.

Elle a tort !

TOUTES LES FEMMES.

Ah! tu prends son parti !

CABUCHARD.

Mais, qu'est-ce que c'est que cette famille-là ?

POLYDORE, dominant le tumulte.

· Oh! je te les rendrai, je te les rendrai! ainsi que les vingt-deux que je te dois de la semaine dernière!

CABUCHARD.

Vingt-deux et deux font vingt-quatre.

VIOLETTE, sautant sur Polydore.

Mais non, tu ne me les rendras pas, fausse baronne, Esculape de carton, carabin de dix-septième année. (Elle arrache la coiffure de Polydore, qui paraît avec sa tête d'homme.)

CABUCHARD.

Un homme! un homme! On m'a joué! on m'a joué!... Mon chapeau, ma canne!... tout ce qu'il faut pour maudire! (A César.) Je te maudis! (Aux autres.) Je vous maudis tous!...

CÉSAR.

Mon oncle! mon oncle! attendez cinq minutes pour me maudire. Expliquons-nous!

CABUCHARD.

Je ne demande que ça!

CÉSAR, bas, aux autres.

Ne me perdez pas, c'est mon seul oncle à héritage!... (Tous se calment et se rapprochent de Cabuchard et de César.).

CABUCHARD.

Eh bien?

CÉSAR.

Eh bien, quand vous êtes arrivé, ils étaient tous chez moi, mes amis et les amies de mes amis. Me voilà épouvanté. Je me dis : « Mon oncle va se fâcher, il ne voudra pas rester ici, et je n'aurai pas la joie de passer huit jours avec mon bon oncle. »

CABUCHARD, ému.

Tu as dit ça?

TOUS.

Oui! oui! oui!

CÉSAR.

Alors, nous avons trouvé ce moyen qui sauvait tout. Seulement, ces dames ont été par trop américaines, et alors... (Se jetant aux genoux de son oncle.) Grâce, mon oncle!

TOUS, se jetant également aux genoux de Cabuchard.

Grâce, son oncle!

CHŒUR. Sur l'air de : *Grâce!* (DE ROBERT LE DIABLE.)

Grâce pour toi-même! pour lui-même!
Grâce pour un neveu qui t'adore et qui t'aime!

CABUCHARD, au comble de l'émotion.

C'est bon!... Je pardonne, je pardonne, mais à deux conditions : la première, c'est que tu me donneras par écrit la rêverie du *Sapeur et de la Tragédie*, et la seconde, que vous allez me chanter encore une fois la chanson du *Canotier de Lonjumeau*. Je tiens à les épater, à Nogent-le-Rotrou.

ENSEMBLE FINAL.

Les canotiers de Lonjumeau, etc.

FIN.

9 782019 269425